ROGÉRIO ANDRADE BARBOSA

Ilustrações

RODVAL MATIAS

Na Trilha do Mamute

Coleção Jabuti Aventura

2001

Editora Saraiva

Editora Saraiva

Av. Marquês de São Vicente,1697
CEP 01139-904 – Barra Funda – São Paulo-SP
Tel.: PABX (0**11) 3613-3000
Fax: (0**11) 3611-3308
Televendas: (0**11) 3613-3344
Fax Vendas: (0**11) 3611-3268
Atendimento ao Professor: (0**11) 3613-3030
Endereço Internet: www.editorasaraiva.com.br
E-mail: atendprof.didatico@editorasaraiva.com.br

Editor: ROGÉRIO GASTALDO
Assistentes editoriais: ELAINE CRISTINA DEL NERO
VALÉRIA FRANCO JACINTHO
Secretária editorial: ROSILAINE REIS DA SILVA
Suplemento de trabalho: MÁRCIA GARCIA
Coordenação de revisão: LIVIA MARIA GIORGIO
Gerência de arte: NAIR DE MEDEIROS BARBOSA
Finalização de capa: ANTONIO ROBERTO BRESSAN
Diagramação: HAMILTON OLIVIERI

Dados Internacionais de Catalogação na Publicação (CIP)
(Câmara Brasileira do Livro, SP, Brasil)

Barbosa, Rogério Andrade, 1947-
Na trilha do mamute / Rogério Andrade Barbosa ; ilustrações de Rodval Matias. — São Paulo : Saraiva, 2001. — (Jabuti)

ISBN 85-02-03566-5 (aluno)
ISBN 85-02-03565-7 (professor)

1. Literatura infanto-juvenil I. Matias, Rodval. II. Título. III. Série.

01-3503 CDD-028.5

Índices para catálogo sistemático:

1. Literatura infanto-juvenil 028.5
2. Literatura juvenil 028.5

Sumário

PARTE I

Sombras do passado

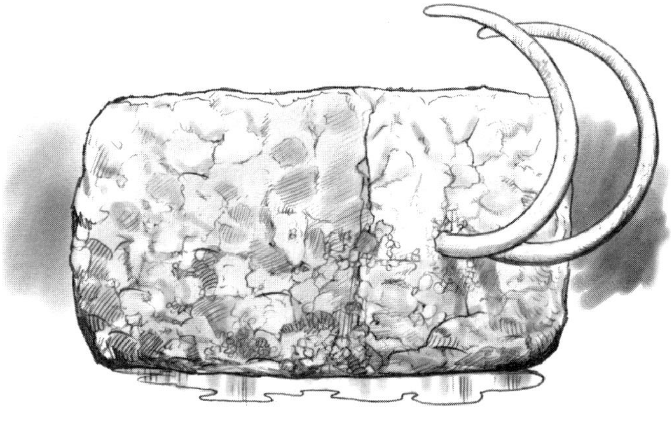

1
No calor da floresta

O grupo de índios Yanomami, exausto, descansava à beira do rio depois de ter passado horas combatendo os focos de incêndio que arrasaram suas roças de banana, mandioca e batata-doce. Nem mesmo a enorme maloca circular, na qual viviam várias famílias, escapara das chamas. As penas de tucano e arara que adornavam seus ombros, braços, pernas e orelhas estavam chamuscadas por causa do fogo devastador.

Mulheres e crianças, trêmulas, sentavam-se do lado de fora da cabana abandonada, onde funcionava um posto avançado da Fundação Nacional de Saúde, próximo a uma improvisada pista de cascalho. O responsável pelo lugar, na ausência do sertanista, era um índio como eles, criado por brancos.

Kuritin, o funcionário substituto, pescava a bordo de uma canoa a motor a poucos metros da margem. Há dias aguardava, em vão, a chegada de um avião de Boa Vista com mantimentos para os desabrigados. "Ainda bem que temos o rio", pensou, recolhendo a rede cheia de peixes.

De repente, o solo sacudiu e, das profundezas da floresta, surgiu uma fera peluda, gigantesca, que nunca ninguém tinha visto, atropelando tudo o que encontrava pela frente.

Os índios, assustados, correram tentando livrar-se do pavoroso ser.

Os poucos que conseguiram escapar das patas descomunais fugiram pelas trilhas abertas na mata, deixando para trás vários corpos dilacerados.

O destruidor mergulhou a tromba na água do rio repetidas vezes, bem defronte ao pescador, como se estivesse tentando aliviar-se do calor infernal. Depois, sacudindo a cabeçorra, sumiu de vista, engolido pelas trevas da selva.

Kuritin só retornou à terra firme depois que o bicho desapareceu em meio ao matagal ressequido. A primeira coisa que pegou no interior do posto foi uma velha espingarda. Apanhou também o lápis e a caderneta de anotações cheia de desenhos de animais e plantas. Em seguida, com a imagem da carnificina ainda fresca em sua mente, rabiscou rapidamente o esboço da criatura de dentes inacreditáveis. Parecia um elefante que ele vira num circo da capital. Mas esse que estivera há pouco, à sua frente, era muito maior, cabeludo e tinha as presas encurvadas.

Antes do anoitecer, os índios sobreviventes reapareceram e carregaram silenciosamente os cadáveres dos companheiros, enquanto nuvens carregadas anunciavam que uma tempestade estava prestes a desabar.

A chuva torrencial que caiu naquela noite deixou a pista de pouso em péssimas condições, o que impediria qualquer atividade durante vários dias. Kuritin, com o corpo ardendo em febre, resolveu enfrentar a longa viagem de canoa para Boa Vista. Tinha de avisar as autoridades sobre o ataque e, além disso, havia combinado com a diretora do Museu de Roraima que trabalharia como guia de um professor que estava chegando do Rio de Janeiro para recolher histórias tradicionais contadas pelos Yanomami.

2

Boa Vista

— Que calor, padrinho! — reclamou o garotão de cabelos curtos e brinco na orelha direita, assim que desceu do avião.

Um letreiro luminoso dava boas-vindas aos passageiros que desembarcavam no aeroporto de Boa Vista, capital do único Estado brasileiro do extremo norte situado nos limites com a Venezuela e a Guiana.

— Vá se acostumando — respondeu o senhor alto, de barba branca e longa cabeleira grisalha, presa num rabo-de-cavalo. — Aqui em Roraima o clima é sempre quente e úmido.

O professor Baltazar era conhecido nos meios acadêmicos como um dos maiores especialistas em literatura oral indígena. Fascinado pelos mitos e narrativas dos índios brasileiros, coletara e publicara uma série de livros sobre os contos transmitidos de geração a geração por vários povos. Nesses trabalhos procurava reproduzir o clima e as características específicas das narrações tradicionais, como o ambiente da aldeia, a participação da platéia, a gesticulação, a dramatização e a entonação das vozes que cativavam os ouvintes ao redor das fogueiras.

Nessa viagem, cumprindo uma antiga promessa, trouxera como ajudante o afilhado. Aos 17 anos, Guilherme preparava-se para o vestibular. Pretendia especializar-se em Antropologia. Desde pequeno, sonhava em seguir os passos de homens que haviam se distinguido na defesa dos filhos da floresta, como Rondon, os irmãos Villas Boas e Darcy Ribeiro.

Os dois estavam cansados após várias horas de vôo e, principalmente, sonolentos devido às intermináveis escalas e conexões noite adentro. Primeiro do Rio a Belo Horizonte. Em seguida, Brasília, onde trocaram de aeronave. Desceram em Belém, prosseguiram para Manaus e, afinal, Boa Vista, a uma hora da madrugada.

Recolheram as pesadas mochilas na esteira da sala de desembarque e se dirigiram ao portão de saída. Um homem de pele morena, com traços indígenas, os aguardava do lado de fora, segurando um cartaz, no qual estava escrito em letras vermelhas: Projeto Yanomami.

— Seu Baltazar? — perguntou o caboclo, estendendo a mão.

— Sim. Muito prazer. Esse é o Guilherme, meu afilhado — respondeu o recém-chegado, apresentando o jovem acompanhante.

— Pode me chamar de Gui — disse o rapaz, abrindo o maior bocejo.

— Raimundo. Sou funcionário do museu. A professora Ludmila pediu desculpas por não poder vir buscá-los — explicou o homem, enquanto guiava os dois viajantes até uma camionete de placa branca.

— A essa hora ela já deve estar dormindo — ironizou Gui, consultando o relógio ao mesmo tempo em que jogava a mochila no bagageiro do veículo.

— Ainda bem que o carro tem ar-condicionado — exclamou o professor, sentando-se ao lado do motorista.

O aeroporto ficava bem perto do centro. Do alto, ao sobrevoarem Boa Vista — as luzes do casario sobressaindo na escuridão —, tiveram a primeira visão do traçado da capital, toda planejada em forma de leque. Atravessaram largas avenidas arborizadas, quase desertas, a não ser pela presença de carrocinhas com vendedores de comidas e bebidas espalhadas ao longo das calçadas. Desceram no portão de entrada do hotel com nome índio, Aipana, em frente à praça principal, chamada Centro Cívico.

— Amanhã às nove horas eu venho pegar vocês — despediu-se Raimundo.

— Boa noite e obrigado pela carona — respondeu o professor, enquanto acabava de preencher a ficha de hóspedes. Guilherme, morto de cansaço, já tinha disparado na frente, doido para tomar um banho e se deitar.

— Tem um recado para o senhor — informou o recepcionista, entregando um bilhete ao professor.

A mensagem, enigmática, era da professora Ludmila:

Temos um caso muito estranho pra resolver. Maiores detalhes na reunião aqui no museu. Até lá.

Um abraço
Ludmila.

3

Um cientista atormentado

O homem atarracado e forte, tez morena e olhos levemente amendoados, enxugou o suor que lhe escorria pela face enegrecida de fuligem, praguejando em voz baixa. Há dez anos retornara ao interior de Roraima, mas ainda não tinha conseguido se acostumar com o calor descomunal da terra onde nascera e passara boa parte da juventude.

Não se habituara também com as queimadas indiscriminadas das pastagens. Um costume antigo dos pecuaristas locais que, anualmente, devorava quilômetros de mata virgem. Passara as últimas duas semanas ao lado dos empregados, tentando debelar as chamas que ameaçavam o patrimônio, que reformara com tanta dedicação.

Com um olhar desconsolado contemplou a espetacular redoma metálica repleta de rachaduras produzidas pela alta temperatura. Um grande buraco revelava o lugar por onde escapara seu bem mais precioso. No chão restavam apenas as imensas pegadas deixadas pela criatura em fuga, fruto de anos de incessantes pesquisas.

O doutor Arlã Garcia, filho de um rico comerciante brasileiro de pedras preciosas e de mãe peruana, era chamado, nas redondezas de sua afastada propriedade, de El Chino. Detestava esse apelido, que lhe fora dado por comerciantes venezuelanos. O nome pelo qual era conhecido o fazia lembrar dos preconceitos e humilhações que sofrera como estudante universitário no exterior. Sua aparência física havia sido alvo permanente de piadas e discriminações dos colegas louros, altos e de olhos azuis.

Um homem arisco, de poucas palavras, solteirão convicto. Ninguém poderia imaginar que era um cientista renomado, isolado naqueles confins. A fazenda, herdada dos pais, ficava aos pés da Serra do Parima, numa região de difícil acesso, coalhada de rios e florestas, quase nos limites do Parque Indígena Yanomami. Uma extensa área, na qual índios e garimpeiros em busca de ouro viviam em permanente conflito.

Desde cedo Garcia destacara-se nos estudos, sempre o primeiro aluno da turma no colégio em Boa Vista. Graças a uma bolsa oferecida pelo consulado inglês no Brasil, havia começado e concluído os estudos universitários em Londres. O mestrado e o doutorado em Biologia foram feitos, com louvor, nos Estados Unidos. Antes de completar 30 anos recebera ofertas de grandes empresas multinacionais, requisitando-o para trabalhar em seus laboratórios. Desprezara todas as propostas. Durante dez anos dedicara-se inteiramente e de maneira obcecada a sua paixão: a clonagem de animais desaparecidos. Acreditava que seria possível recriar um mamute, reproduzindo-o a partir do DNA de um desses animais, mortos e congelados nas vastidões da Sibéria.

Durante anos fora membro de equipes internacionais que vasculhavam as campinas remotas da Rússia em busca de corpos dos extintos gigantes. A maioria das carcaças encontradas não passava de um monte de ossos e pedaços de pele imprestáveis para o fim desejado. Até o dia em que encontraram um espécime em perfeito estado de conservação, graças a uma ajuda providencial.

Pastores nômades, que vagam pela imensa região, vivendo como seus ancestrais, em perfeita harmonia com a natureza selvagem, mostraram aos estrangeiros o local onde haviam achado um par de presas com três metros de comprimento. Mas, antes, exigiram em troca do serviço uma rena branca como pagamento, pois, segundo eles, os espíritos poderiam ficar zangados.

Um radar, de imagem dimensional, penetrara as entranhas da terra e confirmara a localização do mamute preservado no solo congelado há 20 mil anos.

Passaram dias e noites infindáveis, em condições adversas, enfrentando a natureza hostil da tundra siberiana: frio, vento cortante e tempestades de neve aterradoras. Trabalharam com pás, picaretas e, principalmente, com uma britadeira movida a gerador. Cavaram lentamente em torno do bloco de gelo no qual o colosso da era glacial permanecera enterrado. A parte mais difícil havia sido escavar embaixo da tumba e colocar uma estrutura de ferro na parte inferior do bloco de gelo, de modo que o animal pudesse ser içado por cabos de aço.

Lembrava-se, claramente, da verdadeira operação de guerra efetuada pelas autoridades russas para levantar e transportar de helicóptero o bloco, que pesava mais de 20 mil toneladas, até o interior de um laboratório, longe dos olhares curiosos. Ali colheriam amostras do tecido do animal, que seriam conservadas em nitrogênio líquido para que o material não se perdesse. Ainda teriam muito o que pesquisar para descobrir se algumas dessas células haviam conservado o DNA intacto, tanto tempo depois da morte do mamute.

Meses depois, Arlã Garcia desligara-se do grupo, alegando problemas pessoais. Mas a verdade era bem outra. Numa manobra estrategicamente calculada, conseguira abandonar a secreta base — sem levantar suspeitas — carregando amostras do DNA do mamute congeladas numa minúscula cápsula de aço. Não queria dividir a glória com outros cientistas. Fazia questão de entrar para a posteridade como o primeiro homem a conseguir recriar um animal pré-histórico em laboratório.

4

A experiência do século

O cientista regressara ao Brasil poucos meses depois de os pais terem morrido afogados durante o naufrágio de um barco que os levava à capital de Roraima. O casal, além da imensa propriedade, deixara uma pequena fortuna no Banco de Boa Vista para o filho.

Em pouco tempo, o herdeiro mudara a face do lugar. Mandara construir uma pista de pouso, na qual podia aterrissar e decolar com o pequeno monomotor que ele mesmo fazia questão de pilotar. Mantivera apenas os empregados necessários à manutenção da fazenda. Um punhado de caboclos da região, gente calada e arredia, que aceitava as rigorosas regras ditadas pelo patrão. A principal delas era não se aproximar das cercas eletrificadas que protegiam os galpões e, jamais, da misteriosa esfera montada por operários trazidos de avião da Venezuela.

Ninguém poderia suspeitar que no interior de um dos barracões de zinco, na parte de trás da sede principal da fazenda, funcionava um sofisticado laboratório. Todo o material necessário às suas experiências fora conseguido por meio de contrabando. Pela fronteira com a Guiana passava tudo, inclusive doze fêmeas de elefantes asiáticos trazidas de barco em diversas viagens.

Os técnicos europeus que havia contratado no exterior, seis refugiados da guerra civil na Iugoslávia, formavam uma equipe disciplinada. Tinham entrado no Brasil de forma irregular, munidos de passaportes falsos.

Trabalhavam num ritmo impressionante, submetidos a uma rigorosa disciplina, sempre sob a vigilante supervisão do doutor Garcia. Nos primeiros cinco anos tentaram sem sucesso emprenhar as fêmeas, perdendo várias delas em decorrência de uma série de rejeições. Só nos últimos dois anos é que haviam tido êxito. Três ficaram prenhas. Duas morreram nos primeiros meses da complicada gestação, e a última falecera durante a cesariana que os cientistas foram obrigados a fazer para retirar o filhote que ela não conseguira expelir do corpo debilitado.

A criatura, de crânio alto e curto, crescera de forma impressionante. Em menos de dois anos já tinha o tamanho de um elefante adulto. O corpo peludo e as presas recurvadas comprovavam que o grandalhão era um clone fiel dos gigantescos mamutes.

Pouco antes da vitoriosa experiência, a equipe técnica perdera seu último integrante. Os europeus tinham sido dizimados aos poucos pelas doenças tropicais. Pela mesma febre que periodicamente atacava o doutor Garcia, deixando-o prostrado por vários dias.

A solidão, o remorso pela morte dos companheiros de pesquisa, os ataques de malária e as dívidas contraídas para construir o laboratório no meio da floresta contribuíam para que ficasse cada vez mais abatido e perturbado.

Agora, justamente às vésperas de revelar ao mundo a incrível proeza, que julgava merecedora de um prêmio Nobel, via seu sonho ser soterrado pelas cinzas.

5

O misterioso desenho

Guilherme e o professor Baltazar sentiam-se bem-dispostos depois de uma boa noite de sono. Ainda mais após o reforçado café da manhã no salão de refeições do hotel. Fartaram-se com a infinidade de frutas, sucos e bolos típicos da região, e de modo especial com a tapioca, feita na hora por uma sorridente garçonete.

Seu Raimundo veio buscá-los, conforme havia combinado, às nove horas. Só quando saíram do recinto refrigerado é que se deram conta do calor. O sol brilhava forte no céu límpido, lançando faíscas num monumento que sobressaía na praça central.

— O que é aquilo? — perguntou Guilherme, apontando para a estátua dourada de um homem encurvado, de chapéu, segurando uma espécie de cuia.

— É uma homenagem aos garimpeiros. Dizem que é a única no mundo — esclareceu o motorista, pondo o carro em marcha.

— O que ele tem nas mãos? — insistiu Gui, torcendo o pescoço para trás.

— A batéia. Um tipo de vasilha de madeira que se usa na lavagem das areias — explicou seu Raimundo.

O movimento era intenso. Automóveis, ônibus e motocicletas das mais variadas marcas circulavam ao redor da praça, ladeada de prédios públicos: Catedral, Hospital Geral, Palácio do Governo, Biblioteca, Palácio Cultural e outros, que seu Raimundo ia descrevendo aos dois passageiros, enquanto dirigia pela avenida principal, cheia de jardins e canteiros de flores bem cuidados.

O Museu Integrado ficava dentro do Parque Anauá, o maior complexo de serviços, esporte e lazer da capital. Lago natural, quadras de futebol, de basquete e de tênis; áreas de *cooper*, de ciclismo, pista de *motocross*, horto municipal e até um forródromo faziam parte da moderna estrutura.

— Em junho isso aqui pega fogo — disse seu Raimundo. — É a maior festa junina do Norte — enfatizou, estacionando a camionete.

A professora Ludmila, uma senhora alta e loura, já os aguardava na porta do museu.

— Bom dia! Sejam bem-vindos. Como foram de viagem? — disse, cumprimentando os visitantes. — Vamos entrando.

Ela e o professor Baltazar só se conheciam através de cartas e *e-mails* que haviam trocado nos últimos meses. A professora, antes de levá-los à sala da diretoria, fez questão de mostrar as dependências do museu, no qual se destacavam as peças artesanais confeccionadas com maestria pelos diferentes povos indígenas que habitam o Estado de Roraima: cestos, cerâmicas, arcos e flechas, instrumentos musicais, canoas, redes, colares, pulseiras, cocares e máscaras numa profusão de cores, desenhos e formas engenhosas.

— A senhora disse que tinha um problema para tratar comigo? — perguntou o professor Baltazar, depois que se acomodou numa cadeira no interior do confortável gabinete.

A diretora lançou um olhar para Guilherme como se não estivesse se sentindo muito à vontade com a presença do jovem visitante.

— Pode falar. O rapaz é de minha inteira confiança. Por isso que está aqui comigo — disse o professor, colocando a mão no ombro de Gui.

— Bom — pigarreou a mulher —, o mateiro, um índio chamado Kuritin, que seria o elo de contato com uma comunidade Yanomami, conforme o senhor havia solicitado, faleceu essa semana no hospital aqui de Roraima, vítima de um ataque de malária. Sofreu muito, coitado. Chegou em péssimas condições, delirando e dizendo frases incompreensíveis.

— E não há outro guia? — preocupou-se o professor.

— Sim, um sertanista veterano, que também é piloto, irá acompanhá-los. Mas tem uma coisa que me deixou intrigada — disse a senhora, franzindo a testa. — Kuritin, um excelente artista, num dos raros momentos de lucidez me entregou um desenho. O esboço de uma criatura selvagem que ele jurava ter visto nas imediações da Serra do Parima — confidenciou a diretora, entregando um papel ao professor.

Numa folha retirada de um caderno escolar havia um desenho, feito a lápis, de um animal semelhante a um elefante. Só não era igual devido às longas presas encurvadas e o corpo coberto de pêlos.

— Mas isso parece um mamute! — exclamou o professor, sem conter um riso zombeteiro. — Um bicho extinto há milhares de anos.

— Eu sei — rebateu a diretora, fechando a cara. — Kuritin trabalhou comigo durante muito tempo, me ajudando a recolher peças indígenas para o museu. Era um homem sério, incapaz de mentir.

— A senhora está levantando a hipótese de haver espécies pré-históricas vivendo no interior de Roraima? Esse pintor deve ter se inspirado em algum livro, gravura ou filme que ele viu aqui no museu ou na cidade.

— Ou então num circo — opinou Guilherme.

A professora Ludmila encarou o professor e seu afilhado, fuzilando-os com seus olhos azuis, furiosa pela atitude irônica das duas visitas.

— Kuritin, embora tivesse sido criado por brancos, detestava a cidade grande. Raramente botava os pés em Boa Vista. Além de ler e escrever, tinha um talento enorme para desenhar. Não havia motivo nenhum para que ele tentasse me enganar.

Ludmila parou de falar um instante; depois, com um ar pensativo, acrescentou:

— Tem uma coisa que me deixou intrigada. Os senhores já escutaram que cientistas estão tentando reconstituir o DNA de mamutes encontrados no solo gelado da Sibéria?

— Sim. Eu li alguma coisa nos jornais a respeito dessas experiências. Desculpe, eu não quis ofendê-la — retratou-se o professor Baltazar.

— Eu sou favorável à clonagem e à manipulação genética de animais em risco de extinção — defendeu ela. — No caso dos ursos pandas, por exemplo, que estão ameaçados de sumir devido à devastação de seu meio ambiente.

— Bem — respondeu o professor, alisando a barba —, quanto a trazer de volta à vida dinossauros e outros animais pré-históricos, feito os mamutes e os tigres dentes-de-sabre, que a seleção natural destruiu, eu não concordo.

A diretora do museu levantou-se e, apoiando as mãos na mesa, provocou:

— O senhor sabe como são apelidados os cientistas que lançam mão da biotecnologia para salvar e ressuscitar espécies em perigo ou desaparecidas?

— Não.

— Novos Frankensteins — revelou a mulher, ajeitando o cabelo.

— Creio no progresso da ciência. Mas, de qualquer maneira, é precipitado tirar qualquer conclusão a partir de um simples desenho — disse o professor.

— Concordo. Só queria colocá-lo a par da questão, já que vai viajar para uma região bastante conturbada. Além dos incêndios provocados pelas queimadas, ainda persiste a questão das invasões das terras habitadas pelos Yanomami. Garimpeiros inescrupulosos, apesar de reprimidos pelas autoridades, sempre arrumam um jeito de entrar na reserva indígena em busca de ouro e outros metais preciosos.

— Quando é que poderemos partir? — perguntou o professor.

— Amanhã cedo. Um monomotor os levará ao lugar onde funciona uma escola bilíngüe. Uma professora, que estava fazendo um estágio em Boa Vista, seguirá junto com vocês. O nome dela é Mayop. Uma graça de menina. Foi criada por um casal de missionários, mas ainda assim não se distanciou da cultura de seu povo — ressaltou.

E, despedindo-se deles, solicitou:

— Quanto a esse estranho desenho, peço que mantenham o assunto em segredo. No mais, tenham uma boa viagem.

6

Tirando dúvidas

O professor Baltazar e Guilherme, ao saírem do museu, retornaram diretamente ao hotel. No caminho, foram conversando sobre a questão da educação indígena:

— Aqui em Roraima, segundo eu apurei, há mais de cem escolas indígenas, além de um curso de magistério só para professores índios — disse o pesquisador. — A aquisição da escrita por povos indígenas é coisa recente, e se iniciou há pouco menos de vinte anos. Uma experiência que além de render livros e antologias proporcionou, pela primeira vez no Brasil, que a história fosse narrada do ponto de vista dos nativos e não dos colonizadores.

— Isso eu acho ótimo — concordou Gui.

— Pena que a leitura e a escrita ainda sejam vistas com desconfiança por parte das lideranças indígenas. Preferem a educação tradicional praticada nas aldeias, onde os mais velhos repassam para os jovens os costumes e as tradições de cada comunidade — continuou o padrinho. — Mas nas cidades a realidade é outra. Apesar das leis existentes, os índios enfrentam uma barreira enorme para serem respeitados.

— Eu sei — respondeu o afilhado. — O senhor não viu a vergonha que foi a tal festa dos 500 anos do descobrimento lá na Bahia?

— Lamentável. Nunca mais vou me esquecer daquela cena do índio em Porto Seguro, ajoelhado em frente aos policiais, mostrada pelas câmeras de televisão para o mundo inteiro.

— Chegamos — avisou seu Raimundo, interrompendo a conversa.

Antes de entrarem, o professor pediu ao afilhado que desse uma passada na biblioteca, no outro lado da praça, e pesquisasse se havia tido recentemente alguma exposição ou palestra sobre animais pré-históricos em qualquer lugar da capital.

— Pra quê? — questionou Gui.

— Não custa nada verificar, meu filho. Você não assistiu àquele filme sobre os dinossauros, no qual um grupo de cientistas criou um parque com animais pré-históricos?

— Assisti. Uma tremenda mentira. Só no cinema mesmo.

— Pois é. Foi baseado no livro de um famoso escritor americano. Desses autores que só escrevem *best-sellers*, quase prontos para virar roteiros.

— Um calhamaço com mais de quatrocentas páginas, cheio de informações e teorias complicadas, difíceis de engolir — rebateu Guilherme. — Prefiro as histórias que eu li do Júlio Verne, tipo *Viagem ao centro da Terra*, *Vinte mil léguas submarinas*...

— Eu também. O escritor francês marcou e continua marcando várias gerações de leitores, além de ter sido o precursor da ficção científica. Mas, do jeito que a ciência está avançando, tudo é possível. Esse novo milênio promete ser cheio de surpresas e conquistas, especialmente na área da engenharia genética. Alguns pesquisadores propõem, inclusive, que os bancos de DNA, que já existem para alguns grupos de mamíferos e aves, sejam ampliados para todas as espécies ameaçadas de extinção. Quem viver verá! — encerrou o padrinho.

7

Símbolo da Idade do Gelo

A bibliotecária, uma senhora atenciosa, não se lembrava de nenhum evento, filme, exposição ou conferência relativa a animais pré-históricos que tivesse acontecido ultimamente em Boa Vista.

— Aqui você deve encontrar tudo sobre o assunto que está pesquisando — disse a funcionária, entregando ao rapaz meia dúzia de grossos volumes.

Guilherme lamentou que não houvesse um computador ligado à Internet para ajudá-lo em sua investigação. Um sonho que a maioria das bibliotecas brasileiras ainda está muito longe de realizar. Mas, para não perder a viagem, anotou numa folha de papel as principais informações que encontrou sobre os mamutes nas páginas dos livros e enciclopédias espalhados em cima de uma das mesas do amplo salão destinado aos leitores:

"Se há um animal que simbolize a Idade do Gelo, esse, certamente, é o mamute. Nossos ancestrais deixaram registradas em paredes de cavernas, na Europa e na Ásia, pinturas que retratam a gigantesca criatura coberta de pêlos, de orelhas curtas e longas presas, desenhada com uma perfeição impressionante. Acredita-se que a maioria delas morreu há vários milênios, sendo que algumas ainda sobreviveram nas estepes da Sibéria até pouco menos de 4 mil anos atrás.

Estudiosos defendem a teoria de que os mamutes não resistiram à mudança de temperatura, conforme o gelo derretia e a Terra ficava gradualmente mais quente, mas outros acreditam que eles foram vítimas dos homens que os caçaram sem piedade até a extinção."

Guilherme fechou os livros, entregou-os à bibliotecária, agradeceu e saiu, convencido de que o índio devia ter se inspirado em alguma das gravuras que ele acabara de ver na biblioteca. Ainda mais porque, pensou, antes de alcançar a calçada que parecia pegar fogo, "os animais, mesmo que fossem ressuscitados, não teriam a menor chance de sobreviver no clima abrasador de Roraima".

De repente, ouviu um grito:

— Ei, rapaz! Volte aqui.

Era a bibliotecária acenando com uma folha de papel.

— Olha o que eu achei numa revista. Talvez você se interesse — disse a senhora, entregando-lhe a cópia que acabara de fazer.

8

O resgate do mamute

A reportagem que Guilherme recebera, publicada há alguns anos, dizia o seguinte:

"Uma equipe de cientistas composta de paleontólogos, parasitólogos e biogeneticistas da Rússia, do Japão, dos Estados Unidos, da Holanda e da França, após uma arriscada missão no interior da Sibéria, conseguiu resgatar um imenso bloco de gelo que envolvia o corpo de um mamute. Um macho de longas presas encurvadas, preservado graças ao solo permanentemente congelado da planície siberiana.

Há muito que vinham tentando encontrar um espécime como aquele, com a ajuda de radares e aparelhos de última geração capazes de rastrear as profundezas da gelada planura em busca de restos dos colossais mamíferos, desaparecidos da face da Terra há milhares de anos.

Nenhuma das dezenas de carcaças das extintas criaturas, localizadas ao longo de inúmeras expedições se, iguala ao exemplar, intacto, que a comissão internacional transportou, num helicóptero gigantesco, para um estudo mais aprofundado, num laboratório secreto, dotado de uma moderna e sofisticada aparelhagem.

Os cientistas, que até então contavam apenas com ossadas e que, baseados em especulações, tentavam imaginar como seria a pele que recobria esses seres pré-históricos, têm agora, em mãos, uma visão real da aparência física dos mamutes, ao contrário dos fósseis encontrados anteriormente.

Os pesquisadores acreditam que o tecido e os pêlos do mamute poderão servir para recuperar seu DNA, a molécula orgânica onde ficam contidos os genes. E, a partir daí, planejam iniciar um ambicioso processo de clonagem, digno de um filme científico: enxertar óvulos de elefantas com núcleos das células do mamute, o que resultaria num animal com as características genéticas e físicas dos desaparecidos quadrúpedes. Este é o objetivo principal: ressuscitar os mamutes! Conseguir uma cópia geneticamente pura de seus ancestrais, caso obtenham amostras do DNA".

Guilherme dobrou e guardou a folha no bolso da camisa. Entusiasmado com o teor da matéria, imaginou: "Seria possível que as teorias apresentadas pela professora Ludmila tivessem algum fundamento?".

9

A professora indígena

Na manhã seguinte, o professor Baltazar e Guilherme decolaram do mesmo aeroporto em que haviam chegado a Boa Vista. Dessa vez, a bordo de um monomotor.

— Boa viagem para todos! — desejou o piloto, preparando-se para dar partida ao motor, depois de receber autorização da torre de controle. Chamava-se Ranulfo. Um quarentão de barba rala, acostumado a pousar em pistas esburacadas no meio da floresta.

— Amém — disse Mayop, a tímida professora indígena, fazendo o sinal-da-cruz. Uma menina da idade de Gui, baixinha, de pele morena, cabelos negros e olhos amendoados, dentro de um vestido florido que lhe batia quase aos pés.

Guilherme, que achava a decolagem a fase mais arriscada, respirou fundo assim que o avião se alinhou na cabeceira da pista pronto para levantar vôo. Concentrouse e contou devagarinho, como sempre fazia, até cem. Quando abriu os olhos, Boa Vista já tinha ficado para trás e sobrevoavam o majestoso rio Branco.

Não tardou para que começassem a avistar as primeiras queimadas lambendo o horizonte. A fumaçada negra brotava de diversos pontos do solo num espetáculo estarrecedor.

— Esse pessoal parece que não aprende — lamentou o piloto. — Em 1998 o fogo devastou quase 80% do Estado de Roraima. Mas ainda tem gente que insiste nessa prática criminosa, mesmo depois de o governador ter mandado prender em flagrante quem estivesse ateando fogo às plantações.

— Meu povo não gosta de fumaça — comentou a garota, olhando para baixo. — Pra nós ela é sinal de todos os males e doenças. Os mais velhos ensinam que o desrespeito à terra e às águas pode destruir tudo a nossa volta.

O professor Baltazar, com um par de binóculos pendurado no pescoço, anotou em seu diário a frase de Mayop, que achou tão bonita, e falou devagar, como se estivesse buscando fatos distantes em sua memória:

— Você tem razão. Num livro fantástico que pesquisei sobre o universo mítico dos Yanomami, há um capítulo que me deixou encantado. Dizia que uma de suas principais divindades ordenou, logo após a criação do mundo, que nenhum produto sob a terra poderia ser removido. Caso fossem arrancados, provocariam inundações, destruiriam casas. Quer dizer, seria o fim de nosso planeta.

— O nome desse espírito é Omanã — ensinou a jovem professora.

— Do jeito que estão invadindo o Parque Indígena, não vai restar mais nada mesmo — afiançou o piloto. — E a culpa não é só dos garimpeiros. Há grandes grupos econômicos, tanto nacionais quanto estrangeiros, de olho nas terras pertencentes aos índios. A região habitada pelos Yanomami é muito rica em minérios. Tem ouro, diamante, cobre, prata, cassiterita, tungstênio e até urânio...

— Uau! — exclamou Guilherme, tentando atrair os olhares de Mayop, que até o momento não lhe dera a mínima atenção. — Eu assisti a um programa na televisão que mostrava como os garimpeiros são explorados pelos donos dos garimpos. A maior parte do que ganham é consumido na própria cantina do acampamento, onde tudo é pago em gramas de ouro.

— É verdade, no final, ficam quase sempre de mãos abanando. Mas nunca perdem a esperança de ficarem ricos da noite para o dia. Pura ilusão — comentou Ranulfo, tranqüilo à frente do painel de instrumentos, enquanto checava a rota num mapa todo amarfanhado, marcado com cruzinhas feitas a lápis.

— Ainda falta muito? — perguntou Guilherme.

— Já estamos quase chegando — avisou o barbicha, apontando um pedaço de terra batida no meio da mata estorricada.

— É aí que trabalhava aquele índio que faleceu, amigo da diretora do museu? — quis saber o professor Baltazar.

— Não. Fica perto, mas a pista está sem condições de pouso devido às fortes chuvas — respondeu o piloto, ao mesmo tempo em que reduzia a potência do motor, flapeava as asas e baixava o trem de aterrissagem.

O avião começou a perder altitude lentamente, descrevendo círculos sobre a acanhada pista, posicionando-se para a descida.

— Estranho — comentou Ranulfo, enquanto rodopiava com o aparelho sobre a copa das árvores. — Parece que não tem ninguém no posto — comentou, indicando uma cabana de madeira coberta com folhas de zinco.

— Ali funciona a minha escola. As crianças aprendem a ler e a escrever em português e na nossa própria língua — disse Mayop.

— Cadê os alunos? — implicou Gui.

— Deviam estar lá embaixo — tornou a explicar o piloto. — A chegada do avião é sempre uma festa. Mas, com os problemas das queimadas, os índios podem ter se deslocado para outro sítio.

O professor Baltazar, sempre atento, complementou as palavras do companheiro de viagem:

— Os Yanomami são seminômades por natureza e não costumam ficar muito tempo num só lugar. Mudam quando a caça e a colheita rareiam ou então em casos de mortes, epidemias ou brigas com comunidades rivais, não é, Mayop? — consultou, buscando a aprovação da professora.

A garota, preocupada com a vibração do motor desacelerado, limitou-se a sacudir a cabeça. O pouso, apesar do solo esburacado que fez a pequena aeronave sacolejar bastante, foi perfeito.

— Esperem aqui — disse o piloto, sacando uma pistola da mochila. — Estou desconfiado dessa tranqüilidade — falou, enfiando a arma na cinta.

— Eu vou com você — disse o pesquisador, saltando atrás do sertanista.

Os dois foram caminhando lentamente pela pista cheia de crateras, embaixo da maior soleira. De repente, a porta do barracão se abriu e um grupo de homens armados cercou a dupla, empurrando Ranulfo e o professor Baltazar com os cabos de suas espingardas.

— Salte! — gritou Mayop. — Temos de fugir antes que nos peguem também — disse ela, arrastando Guilherme pela mão para fora da aeronave.

Os dois jovens se enfiaram pelo matagal, justamente na hora em que um bando de sujeitos mal-encarados avançava em direção a eles, gritando palavrões e disparando para o alto.

10

Perdidos na mata

Guilherme nunca correu tanto em sua vida. Com dificuldade tentava acompanhar o ritmo imposto por Mayop. A garota abria a marcha forçada mata adentro, esgueirando-se dos arbustos, cipós e troncos numa agilidade impressionante.

— Vamos! — incentivou a moça, olhando para trás. — Daqui a pouco eles desistem.

Só pararam de correr quando deixaram de ouvir as vozes de seus perseguidores.

— Pronto, agora podemos descansar um pouco — disse Mayop, recostando-se numa pedra. — Eu não falei que eles não iam conseguir nos pegar?

— Quem eram aqueles homens? O que eles vão fazer com meu padrinho? — perguntou Gui, todo esbaforido, jogando-se ao solo coberto de folhas.

— Garimpeiros gananciosos — revelou. — Meu povo já sofreu muito nas mãos deles. Invadem nossas terras, poluem os rios, violentam as mulheres e transmitem doenças que não tínhamos antes de eles chegarem.

— Como é que vamos sair do meio desse mato? — questionou Guilherme, impressionado com a altura das árvores.

— Você se esqueceu de que sou índia? — respondeu a garota, amarrando a barra do vestido no meio das pernas. — Pronto, agora fica mais fácil pra eu caminhar — arrematou, tirando os sapatos. — Agora vamos tratar de conseguir ajuda. A fazenda mais próxima é a de um sujeito esquisitão, toda cercada que nem uma fortaleza — informou, retomando a caminhada.

Guilherme, preocupado com a segurança do professor Baltazar, não teve outro jeito. Seguiu, aos tropeções, atrás da guia pela selva adentro. Mayop, em passos firmes, movimentava-se, atenta a tudo o que se passava ao redor. Nada escapava a sua atenção: a zoada dos macacos, o bater de asas dos pássaros ou o rumor de bandos de porcos-do-mato. Quando encontrava uma teia de aranha intacta, sinal de que aquela trilha já não era usada há algum tempo, desviava imediatamente de direção.

Mayop, observando o interesse de Guilherme pela flora que os circundava, aproveitou para condenar a ação criminosa das madeireiras e a biopirataria da floresta por empresas farmacêuticas internacionais:

— É um absurdo o que estão fazendo com a Amazônia — enfatizou. — Por isso que eu acredito na educação escolar de meu povo, como um complemento para a defesa dos interesses de nossa comunidade — declarou, com convicção. — Só assim é que poderemos lutar por nossos direitos e pela demarcação de nossas terras.

— Apoiado! — aplaudiu Guilherme, impressionado com o discurso articulado da garota.

— Nós, os donos da terra, éramos milhões antes da chegada do homem branco. Hoje em dia não passamos de 200 mil. Um verdadeiro genocídio! — gritou ela, assustando uma leva de araras multicoloridas.

11

Pegadas reveladoras

Pararam para descansar à beira de um igarapé. Beberam da água cristalina e se sentaram à sombra de uma árvore de porte gigantesco. Mayop, na maior naturalidade, arrancou o vestido pela cabeça e jogou-se, só de calcinhas, na piscina natural.

— Venha! Está uma delícia — convidou, acenando com a mão.

Gui, sem vacilar, livrou-se da bermuda, da camiseta, meias e botinas cobertas de carrapatos. Mas não teve coragem de ficar sem a cueca.

— Lá vou eu! — gritou, antes de espalhar água para tudo quanto era lado, num salto espalhafatoso.

Guilherme estava se sentindo como um dos personagens daqueles filmes de romance e aventura, em que um menino e uma menina, sobreviventes de um naufrágio, vão parar numa paradisíaca ilha solitária. Só que ele e Mayop estavam em plena selva amazônica.

A garota foi a primeira a sair. Deitou-se de bruços numa laje à beira do rio e ficou observando o rapaz sair do banho. Sem conter a admiração, elogiou o físico do companheiro:

— Não sei por que tanta vergonha. Você é todo musculoso.

— Ah, eu pratico alpinismo. Um esporte que exige muito preparo — explicou Gui, estirando-se ao lado dela.

Relaxou. Era gostoso ficar assim, tão próximo de Mayop, tomando sol, sentindo o aroma dos cabelos molhados da garota, observando, com os olhos entreabertos, as gotas d'água deslizando sinuosamente pelos ombros da companheira... Um torpor gostoso tomou conta de seu corpo. Adormeceu. Acordou com os gritos da menina, que já havia colocado a roupa novamente:

— Olhe! — disse ela, apontando para pegadas gigantescas à beira d'água. — Que estranho! Parecem ser de um elefante!

No solo enlameado, havia marcas bem visíveis deixadas pelas enormes patas, e também um monte de fezes escuras.

— Nossa! — surpreendeu-se Gui. — Então era verdade...

— O quê? — perguntou a garota. — Não estou entendendo nada.

— Kuritin, o índio que trabalhava no posto da Fundação Nacional de Saúde, antes de morrer no hospital de Boa Vista, deixou o desenho de um bicho que ele viu no meio da mata. Um animal que se supunha extinto há milhares de anos.

— Qual?

— O mamute!

Mayop olhou para o garoto, perplexa, achando tudo uma brincadeira de mau gosto.

— Qual é a sua, garoto! Pensa que eu sou boba? Que não estudei numa escola como você?

— Estou falando sério. De quem você acha que são essas pegadas? De uma onça?

A garota coçou a cabeça, como se estivesse tentando raciocinar melhor antes de responder:

— Desculpe, você tem razão. Aqui na floresta, pelo que eu sei, não há nenhum animal capaz de deixar um rastro desse tamanho. A não ser que tenha um elefante perdido por aí...

— Já ouviu falar em clonagem? — perguntou Gui, testando os conhecimentos da garota.

— Sim, eu li sobre umas experiências feitas com ovelhas. Você não está querendo dizer que tem algum cientista tentando reproduzir animais extintos no meio da floresta!

— Tudo é possível. Preste atenção na história que eu vou te revelar. Foi a professora Ludmila quem contou para meu padrinho...

PARTE II

A fera ataca novamente

12

Prisioneiros dos garimpeiros

Ranulfo e o professor Baltazar, depois de revistados e imobilizados, foram empurrados para dentro do barracão. Os captores, indivíduos abrutalhados, vestindo roupas sujas e rasgadas, aparentavam estar assustados. Enquanto caminhavam, olhavam desconfiados para os lados, como se estivessem temendo um ataque.

O interior do posto era uma imundície só. No ar, pairava um cheiro pestilento. Restos de comida e garrafas vazias espalhavam-se pelo assoalho de madeira. Alguns homens, de aspecto doentio, deitados em redes, remexiam-se e tossiam sem parar. De uma dessas balançantes camas levantou-se um caboclo magricela. Cabeleira desgrenhada, bigode fino, com um cigarro de palha pendurado num canto da boca.

— O que está acontecendo? Por que essa violência toda? — perguntou o sertanista ao cabeludo que tinha jeito de ser o líder do grupo.

— Fique calmo. Queremos apenas o avião — respondeu o sujeito, exibindo dois dentes de ouro bem no meio da arcada. — Faz tempo que estamos esperando uma condução. Por isso que tá todo mundo nervoso.

— Pra onde vocês querem ir? — perguntou Ranulfo.

— Atravessar a fronteira com a Venezuela. Tenho um carregamento pra entregar no outro lado. O pessoal que vinha nos buscar não conseguiu pousar na pista combinada. A desgraceira dessas queimadas deixou a gente isolada. Perdi a conta dos dias que passamos lutando contra o fogo, zanzando no meio da floresta feito uns doidos.

O professor Baltazar ficou assombrado com a aparência do homem. Parecia um mendigo. A bermuda e a camiseta que cobriam seu corpo esquálido estavam rasgadas e enegrecidas pelas marcas das chamas que tentara apagar.

— Vocês, pelo que estou vendo, precisam é de um médico — avaliou o professor.

— Metade do meu pessoal está com malária. Acabaram os remédios, alimentos, tudo. Temos de cair fora daqui o mais rápido possível.

— Vocês invadiram uma propriedade que pertence ao governo — interrompeu Ranulfo. — O que fizeram com o funcionário do posto? Onde estão os índios?

— Fugiram. Encontramos tudo abandonado. Além do mais tem um bicho estranho rondando por aí. Até agora só vimos as pegadas dele. Enormes! — explicou, abrindo as mãos. — Dois garimpeiros foram atacados quando saíam pra pescar. Um foi esmigalhado. Outro, arremessado pra cima de uma árvore com as tripas de fora. Ninguém mais tem coragem de afastar-se do posto. Vocês são a nossa salvação — terminou o boca de ouro, voltando a se deitar na rede.

O professor Baltazar arrepiou-se todo ao escutar o relato sobre a misteriosa fera. Lembrou-se na mesma hora do desenho que a professora Ludmila lhe mostrara no museu. Depois, voltou-se para o vulto estendido na penumbra e questionou:

— E meu afilhado? O que vocês fizeram com o garoto?

— Ele e a menina foram mais espertos que vocês dois. Se enfiaram dentro da mata e sumiram — disse um dos garimpeiros que havia conduzido os prisioneiros, entrando na conversa.

— A moça é a professora indígena que ia retomar as aulas da escola — informou Ranulfo. — Conhece a região como a palma da mão. Logo as autoridades vão ficar sabendo de tudo.

— Antes de eles chegarem, a gente já se mandou — retrucou o líder dos garimpeiros. — Tá vendo aqueles sacos ali? — perguntou, mostrando várias sacolas de couro amontoadas num canto. — Estão cheias de pepitas de ouro.

— Que vocês roubaram da reserva indígena — acusou Ranulfo.

— Isso mesmo, seu espertinho. Você pensa que é fácil viver durante meses numa barraca de lona e plástico, trabalhando dia e noite sob o sol e a chuva, hein? Os mosquitos te picando o tempo inteiro, o corpo queimando de febre, hein? Comendo carne de macaco, hein? — grunhiu o sujeito, extravasando sua raiva.

E, mais irritado ainda, ordenou aos berros:

— Agora chega de conversa mole. Descarreguem o avião — falou, apontando para três de seus capangas. — Joguem fora o que não prestar e tragam as caixas de alimentos pra cá. Tô com uma fome danada. Andem! Vamos logo.

— O que fazemos com eles? — perguntou um dos homens, de cara bexiguenta, apontando para Ranulfo e o professor Baltazar.

— Levem com vocês. Podem ajudar a carregar as coisas. Depois damos um jeito neles — encerrou, soltando uma baforada fedorenta na cara dos prisioneiros.

13

Ataque devastador

Os garimpeiros agiam feito um bando de formigas famintas. À medida que retiravam, de maneira atabalhoada, as caixas de mantimentos do compartimento de cargas do monomotor, deixavam algumas embalagens cair ao chão. Migalhas de biscoitos eram devoradas, avidamente, misturadas com a lama do solo encharcado.

Os sacos mais pesados foram colocados nas costas de Ranulfo e do professor Baltazar, sob a alegação de que eles estavam descansados e bem alimentados.

Antes que marchassem de volta ao barracão, um urro sinistro bramiu no ar, fazendo com que todos, cheios de medo, parassem o descarregamento.

— Deve ser o bicho! — alertou um dos homens, engatilhando a espingarda.

— Vamos sair daqui! — gritou o outro, esbugalhando os olhos como se tivesse visto uma assombração.

Os três garimpeiros imediatamente largaram os pacotes que carregavam na cabeça e saíram correndo, deixando o professor e o sertanista para trás.

Não foram muito longe. Antes que atingissem a metade do caminho, uma figura gigantesca irrompeu do meio da mata como um trator, num tropel assustador.

— O mamute! — balbuciou o professor Baltazar, mal podendo acreditar no que estava vendo.

O gigante da era glacial, numa velocidade inacreditável para o tamanho de seu corpo, avançou sobre os garimpeiros. Dois deles, na fuga desabalada, tropeçaram e acabaram pisoteados pelas enormes patas. O terceiro, depois de descarregar sua arma em vão, foi agarrado pela tromba do mamute e jogado como se fosse um boneco de pano em cima de troncos amontoados ao lado da pista enlameada.

Das janelas do barracão, outros homens, liderados pelo boca de ouro, tentaram deter o enfurecido animal, disparando suas espingardinhas de calibre 20. Não adiantou nada. O mamute, com a cabeçorra abaixada, investiu sobre a frágil armação de madeira levando tudo de roldão. O posto desabou feito um castelo de cartas, envolto numa nuvem de poeira.

O professor Baltazar e Ranulfo, agachados embaixo da fuselagem do avião, assistiram ao fulminante ataque sem poder fazer nada.

— Incrível! — disse o sertanista. — Eu pensei que esses animais estivessem extintos há milhares de anos.

— Eu também — concordou o professor Baltazar. — Preciso pegar minha máquina fotográfica — lembrou, tentando se levantar do improvisado esconderijo.

— Ficou maluco! — gritou Ranulfo, segurando-o pelo braço. — Não saia daqui até esse monstro perder-se de vista.

14

O renascimento do mamute

Cautelosos, acercaram-se do posto totalmente destroçado. Era como se o barracão tivesse sido arrasado pelas esteiras de um tanque de guerra. Os cadáveres dos garimpeiros espalhavam-se em meio ao monte de tábuas e móveis quebrados. O corpo do boca de ouro, todo deformado, jazia sob uma das vigas.

— Tenho de avisar o comandante do Batalhão de Fronteira do Exército — disse Ranulfo, sem esconder o assombro perante o quadro de morte e destruição. — O quartel não fica muito longe daqui. Só os militares é que podem enfrentar um bicho desse tamanho.

— Você não está pensando em matá-lo, está? — perguntou o professor. — Esse mamute deve ser um elo perdido da espécie. O achado do século!

— É uma fera perigosa. Não viu o que acabou de fazer?

— Sim, parecia transtornado.

— Tem alguma coisa muito misteriosa por trás disso — respondeu Ranulfo, coçando a cabeça. — Pelo pouco que eu sei, são animais que viveram na Idade do Gelo.

— Você tem razão. Tinham o corpo peludo para se proteger do frio. Está me cheirando a alguma experiência secreta. Não faz sentido ter um descendente dos mamutes vagando num clima tropical.

— Talvez o calor o tenha deixado desorientado.

— Pode ser — avaliou o professor. — Mas para isso é necessário capturar um deles, se tiver mais de um exemplar andando por aí, e saber como vieram parar em Roraima. Parece que a diretora do museu não lhe contou nada, não é?

— O quê? — estranhou Ranulfo.

— Na véspera da viagem, Ludmila me mostrou uma folha de papel entregue pelo ajudante dela antes de morrer.

— Kuritin?

— Esse mesmo. O índio desenhou, com perfeição, o esboço de um animal semelhante ao que acabamos de ver. Nem eu nem a professora Ludmila acreditamos na estranha história. Ela pediu que o assunto fosse mantido em segredo. Temia, e com razão, que a notícia fosse motivo de zombaria por parte da imprensa e da comunidade científica.

O sertanista, perplexo, escutou tudo em silêncio. Sua fisionomia, porém, não conseguia esconder a decepção por não ter sido informado do fato.

— Bom, eu dava tudo pra ver a cara dela agora — desabafou Ranulfo.

O professor Baltazar, meio sem graça, lançou um olhar pesaroso para os homens estirados no meio das ruínas, mudando o rumo da conversa:

— Não vamos enterrá-los?

— Não temos tempo. Os militares se encarregarão do sepultamento.

— E as pepitas de ouro? — recordou o professor, tentando localizá-las entre os restos da desmantelada construção.

— Tarefa para os soldados também.

— Agora preciso localizar meu sobrinho. Temo pelo destino do Gui e também pela menina índia.

— Certo. O lugar mais próximo é a fazenda de um homem muito esquisito e solitário conhecido como El Chino. Fica a poucos minutos de vôo. O dono não gosta muito de receber visitas, mas numa emergência não nos negará ajuda. Vamos — chamou Ranulfo, correndo em direção ao avião.

PARTE III

Criador e criatura

15
Iapa

Guilherme e Mayop tinham pressa. Precisavam alcançar a fazenda de El Chino antes do anoitecer. A ramaria fechada impedia que os raios de sol atingissem o solo escorregadio, dificultando ainda mais a caminhada. Seguiam as trilhas abertas pelos Yanomami no coração da floresta. Caminhos que avançavam e se cruzavam como num labirinto infindável, interligando diferentes comunidades.

— Será que dá tempo? — perguntou Gui, consultando o relógio. — Já são quase quatro horas. Logo vai ficar tudo escuro — comentou o garoto, preocupado com a idéia de passar a noite ao relento.

— Falta pouco — encorajou a moça, abrindo passagem em meio a uma barreira de cipós e arbustos emaranhados, depois de terem atravessado um igarapé, com água acima da cintura.

Interromperam a caminhada, inesperadamente, ao toparem com um casal de índios. A mulher carregava uma criança numa espécie de tipóia de fibras vegetais amarrada em torno dos seios. Guilherme ficou extasiado ao se ver frente a frente com os legítimos senhores da floresta. A única coisa que cobria o corpo desnudo do homem era a pintura feita com tinta de urucum. Os adornos da mulher, que usava apenas uma pequena tanga de fios de algodão, impressionavam: palitos de madeira enfiados no nariz, lábios e orelhas. Ambos tinham o medo estampado em seus rostos.

A professora dialogou rapidamente com os Yanomami, em sua própria língua, antes de eles se afastarem em largas passadas.

— O que aconteceu? — quis saber Guilherme. — Por que estavam tão assustados?

— O lugar em que viviam foi atacado por um monstrengo. Seus habitantes fugiram. Os dois ficaram para trás, escondidos no mato, por causa da criança, que está doente.

— A mãe parecia tão jovem!

— Costumam se casar entre treze e catorze anos. Idade para começarem a ter filhos.

— Ah, quer dizer que, se você tivesse continuado a morar com seu povo, já teria arrumado um marido, não é? — insinuou Guilherme.

A garota fez que não ouviu a gracinha. O rapaz ficaria surpreso se soubesse que ela já tinha sido prometida em casamento, quando era apenas uma criança. E mais ainda, se falasse sobre o costume de algumas meninas morarem com os futuros esposos desde os oito anos de idade. Por isso, seguiu em frente. Sem virar o pescoço, restringiu-se a dizer:

— Anda — comandou, enfiando-se por uma passagem quase imperceptível aos olhos de uma pessoa criada na cidade.

Mais adiante, numa clareira, encontraram o abandonado sítio. A aldeia não passava de uma enorme maloca comunitária, de forma circular, com uma abertura na parte superior para saída da fumaça e entrada da claridade. Boa parte das paredes construídas com cipós, esteios e folhas tinha sido derrubada e pisoteada pelo dono das pegadas espalhadas por todos os lados. Na metade que restou intacta, as pequenas fogueiras acesas embaixo das redes para combater os mosquitos e aquecer as casas durante as noites frias ainda estavam acesas.

— Quantas pessoas moravam aqui? — perguntou Gui, impressionado com o tamanho da habitação.

— Umas cem. Toda família tem seu canto e o próprio fogo — replicou a guia. — As casas, como essa, que chamamos de xabono, são sempre levantadas perto de um rio ou igarapé.

Logo adiante ficava a roça comunal, com lotes separados para cada membro da comunidade. Guilherme e Mayop mataram a fome com bananas, cajás e outras frutas que encontraram nos cestos abandonados no chão.

— Aqui nada tem dono. Tudo pertence a todos — explicou a garota. — Quem acha, como nós, tem o direi-

to de apanhar, comer e dar aos outros se quiser. É a vontade de Noporene.

— Quem?

— Um espírito poderoso. Dono da caça, dos rios e da floresta. É ele que põe os peixes na água, frutas nos galhos, bichos na mata, mel nos ocos de paus...

— O que é isso? — interrompeu Guilherme, assustado com uma macabra descoberta. O corpo insepulto de um índio, à sombra de uma árvore.

As pernas do defunto estavam cuidadosamente encolhidas junto ao peito, as mãos, presas nas pernas com tiras de tecidos coloridos. Um cesto de palha vermelha, enfeitado com penas de peito de gavião, cobria o cadáver.

— Um corpo preparado para o iapa — disse Mayop, num tom de voz respeitoso.

— Iapa?

— É a cerimônia fúnebre tradicional de meu povo — informou a garota. — Queimam o morto e depois socam os restos num pilão. As cinzas são divididas com os parentes para serem comidas junto com um mingau de banana. As mulheres só tomam a mistura se forem esposas ou filhas do finado.

— Que coisa! — exclamou Guilherme, sem disfarçar o espanto.

— Faz parte de nossa tradição. Vocês, brancos, não entendem! — rebateu ela, furiosa com o comentário desrespeitoso. — Nós, Yanomami, acreditamos que, agindo assim, as qualidades do morto voltam a viver no corpo das pessoas que tomam parte do ritual.

— Foi mal. Eu não queria ofender seus costumes — desculpou-se o futuro antropólogo, consciente da falha cometida. — Mas por que largaram ele aqui?

— Você não viu que a aldeia foi atacada? E quem fez isso não deve estar longe. Não está sentindo um cheiro estranho? — perguntou Mayop.

A professora indígena, sem perda de tempo, puxou Guilherme para perto de uma das enormes árvores.

— Suba — disse ela, começando a escalar o áspero tronco. — Rápido!

Guilherme lanhou as mãos e os joelhos, mas conseguiu seguir a ágil garota. Encarapitados num dos galhos, ficaram de vigília. De repente, o chão da floresta estremeceu como se tivesse sido atingido por um terremoto. O estrépito de poderosas pisadas fez com que pássaros e macacos, alarmados, debandassem numa tremenda algazarra, em busca de um abrigo mais seguro.

Os dois jovens, sobressaltados, presenciaram um espetáculo ao mesmo tempo aterrador e inesquecível.

Do meio da densa folhagem, abrindo caminho por entre as árvores que iam sendo derrubadas como palitos de fósforo, surgiu a figura massiva do mamute. Um colosso pesando várias toneladas, todo peludo e de presas recurvadas, igual às ilustrações que Gui tinha visto na biblioteca de Boa Vista.

A fera, depois de farejar o ar com a enrugada tromba, desapareceu entre as sombras da floresta.

— Escute! — alertou Mayop. — Parece o latido de cachorros.

Não tardou para que uma matilha de cães começasse a ganir e a pular desesperadamente em torno da árvore em que o rapaz e a garota haviam se escondido. Logo depois, apareceram alguns caboclos com espingardas nas mãos, liderados por um homem baixo, de óculos.

— Hei, estamos aqui em cima! Não atirem — gritou Mayop, começando a descer.

Os homens, depois de se acalmarem e prenderem os animais, olharam espantados para a menina, com o vestido amarrado entre as coxas, enquanto mantinham Guilherme sob a mira das armas.

— Quem diabos são vocês? — perguntou o chefe do grupo.

— Sou professora de uma escola indígena. Esse rapaz é afilhado de um pesquisador. Fomos atacados por um grupo de garimpeiros e tivemos que fugir. O senhor é o dono de uma fazenda próxima daqui?

— Arlã Garcia — apresentou-se El Chino, curvando a cabeça grisalha. — Vocês viram algum animal estranho andando por aí ?

— Sim, um mamute! — respondeu Gui.

Os olhos apertados do interlocutor brilharam de satisfação ao ouvir a notícia. Ele, em seguida, voltou-se para os empregados e disse:

— Prosseguimos na busca amanhã cedo. Temos de voltar pra casa antes que a noite caia. Vocês dois, venham conosco — ordenou o doutor.

— Eu não sabia que ainda existiam mamutes — ironizou Mayop, enquanto desamarrava o nó do vestido.

— Isso é uma longa história — resumiu o cientista, dando as costas para ela. — Vamos embora ! — chamou, convocando os homens ainda às voltas com os irrequietos cachorros.

16

O laboratório

Chegaram à fazenda antes que as luzes das lanternas conduzidas pelos empregados do El Chino precisassem ser acesas. A sede ficava num grande descampado, que se perdia de vista no horizonte. As pastagens, cercas e construções em torno do casarão principal traziam as marcas dos estragos causados pelas últimas queimadas. O quadro era desolador. O fogo parecia não ter poupado nem um centímetro sequer da extensa propriedade.

— Perdi quase tudo — desabafou o doutor, mostrando as paredes de madeira enegrecidas pela fumaça e pela fuligem.

A cozinha, na parte de trás da construção, fora um dos poucos lugares poupados pelas chamas. Sentaram-se em volta de uma mesa coberta por uma fina camada de cinzas.

— Mande trazer o jantar — pediu o patrão, dispensando os empregados com um gesto de mão. — Vocês devem estar com fome, não é?

— Sim, a única coisa que comemos até agora foram frutas — disse Guilherme.

— O senhor tem como se comunicar com Boa Vista? — perguntou Mayop.

— Tinha. Mas a sala de rádio foi reduzida a um monte de sucata.

— E o avião? — insistiu a garota.

— Totalmente consumido pelas labaredas — retrucou o dono da casa.

Os cabelos chamuscados do doutor davam-lhe uma aparência estranha. Uma das grossas lentes dos óculos que usava bem na ponta do nariz estava rachada como uma vidraça atingida por uma pedrada.

— Com licença — pediu uma senhora, carregando uma bandeja com três tigelas fumegantes.

— Pode servir — ordenou o patrão.

Guilherme e Mayop tomaram a canja de galinha num abrir e piscar de olhos. O anfitrião, ao contrário, sorveu o caldo lentamente.

— Muito bem. Agora podemos conversar. Quer dizer que vocês foram atacados por garimpeiros quando desceram no posto?

— Certo — disse Mayop. — O piloto e o padrinho de Guilherme estão correndo perigo. O senhor precisa nos ajudar.

— Amanhã cedo verei o que posso fazer — foi a resposta lacônica do doutor, erguendo-se da mesa. — Venham comigo. Vocês devem estar curiosos com essa história do mamute...

El Chino os conduziu a um terreno na parte de trás da fazenda, onde havia quatro grandes galpões prateados dispostos em círculo. A cerca eletrificada, que protegia as construções, fora arrancada por uma força descomunal.

— Aqui funcionava o meu laboratório — disse ele, abrindo uma porta toda desconjuntada. No interior, em meio a mesas e armários arrebentados, jaziam por terra uma série de frascos, microscópios, plaquetas, pipetas, instrumentos cirúrgicos e tubos de nitrogênio líquido.

— Suponho que saibam o que é clonagem, não? — perguntou o cientista, aguçando a curiosidade dos dois jovens.

— Sim — responderam Guilherme e Mayop ao mesmo tempo.

— Pois bem, eu sou o responsável pelo renascimento do gigantesco animal que vocês viram na floresta. Foram anos e mais anos de experiências frustradas, enfiado neste fim de mundo, até alcançar êxito. Esse clone foi gerado a partir de amostras do DNA de um espécime encontrado congelado na Sibéria.

— Inacreditável — murmurou Gui.

— A técnica, na teoria, é relativamente simples — prosseguiu o doutor Garcia, impassível, como se estivesse dando uma conferência. — Consiste em enxertar num óvulo sem núcleo, de uma elefanta, o núcleo de uma célula do mamute, entenderam?

O cientista, sem esperar pela resposta, continuou:

— Sei que a experiência soa inacreditável, mas foi assim que consegui reproduzir esse animal, que, infelizmente, está aterrorizando tanta gente. As células que trouxe para o Brasil estavam com seus núcleos em ótimo estado de conservação.

— Mas o mamute não era um animal da Idade do Gelo? — interrompeu Guilherme. — Roraima, pelo clima quente, seria o lugar menos indicado para esse tipo de testes.

— Correto. Por isso é que a operação foi planejada nos mínimos detalhes. Venham ver o que o gênio humano é capaz de fazer — vangloriou-se o doutor.

No centro do terreno, depararam-se com uma enorme esfera metálica, do tamanho de uma lona de circo, cheia de rachaduras.

Mayop e Guilherme mal conseguiram esconder o espanto ao entrar no misterioso recinto. Era como se estivessem penetrando numa estufa gigantesca. Só que, em vez de flores, o lugar era tomado de gramas, árvores e uma piscina artificial rodeada de pedras.

— Aqui eu criei o animal durante dois anos, acompanhando e monitorando seu crescimento através de uma série de exames. A temperatura ambiente, sempre baixa, era mantida como se o mamute estivesse pastando na Sibéria.

— Como foi que ele fugiu? — perguntou Mayop, começando a se interessar pelo tema.

— O fogo, como vocês viram, destruiu quase tudo. O calor fez com que a estrutura se rachasse. Estão vendo esse rombo? — apontou. — O mamute, que até então se comportara de maneira pacífica, enlouquecido com as chamas, abriu passagem à força por ali e desapareceu na floresta. Faz uma semana que ronda pela selva. Temos que recapturá-lo, imediatamente, antes que morra vítima da temperatura elevada ou que seja rastreado por um satélite-espião.

— O quê? — não entendeu Guilherme, achando que o cientista tinha endoidado de vez.

O doutor, sem perder a paciência, explicou:

— Não fiquem impressionados com a ignorância de vocês sobre o assunto. Poucas pessoas sabem da existência do ECHELON. Essa sigla é o codinome de um sistema clandestino de vigilância internacional, monitorado por sofisticados satélites controlados pela NSA, Agência de Segurança Nacional dos Estados Unidos. A floresta amazônica, por sua vital importância, é uma das áreas mais patrulhadas do mundo. Por isso, minhas instalações contavam com um dispositivo especial

de iluminação externa que as tornava praticamente invisíveis aos olhos eletrônicos de qualquer sistema de espionagem aeroespacial.

Nisso, um dos empregados, segurando o chapéu respeitosamente nas mãos, interrompeu a minuciosa explanação tecnológica, todo afobado:

— Doutor, doutor. Tá chegando um avião!

PARTE IV

Big Brother

17
Olhos e ouvidos eletrônicos

As preocupações do doutor Arlã Garcia não eram infundadas, nem um delírio de sua mente abalada pelas doenças tropicais. A sede do ECHELON — que congrega uma rede de satélites espiões de última geração e estações de escuta controlados pela NSA — estava às voltas com uma estranha descoberta. Um de seus satélites, de impressionante precisão, capaz de monitorar marcas no solo a partir de centenas ou milhares de quilômetros de altitude, tinha captado pegadas incomuns no solo amazônico.

A primeira hipótese levantada pelos técnicos fora que os rastos só poderiam ter sido feitos por elefantes. A presença desses quadrúpedes, transportados em balsas, provavelmente por integrantes de um circo mambembe, havia sido registrada em anos anteriores na mesma região. Fato que não despertara maiores investigações.

Agora, a situação era diferente. Logo depois dos primeiros registros das misteriosas pegadas, imagens de um animal parecido com um mamute foram registradas com razoável nitidez antes que a inacreditável criatura desaparecesse do campo de visão das poderosas lentes.

Nada escapa aos olhos e ouvidos eletrônicos do ECHELON, que é um Big Brother — o Grande Irmão —, que tudo vê e escuta, semelhante ao ditador de um país imaginário, criado pelo escritor inglês George Orwell. Em seu livro chamado *1984*, esse autor faz assustadoras previsões sobre o futuro, no qual a humanidade seria controlada por meio de telas, instaladas em todas as partes.

As antenas e os computadores do ECHELON interceptam secretamente e de forma ilegal qualquer tipo de mensagem: telefonemas, *e-mails*, fax, transmissões de rádio e de microondas. Tradutores e peritos em criptografia, com a ajuda de poderosos programas de computação, decifram qualquer tipo ou sistema de códigos.

Uma montanha de informações chega diariamente às equipes de peritos espalhados em bases montadas na Inglaterra, Canadá, Austrália, Nova Zelândia, Alemanha e Japão. A principal tarefa do ECHELON é "peneirar" o tráfego de telecomunicações grampeadas, à caça de pistas sobre terroristas, criminosos, contrabandistas de armas, traficantes de drogas, guerrilheiros e outros tipos de pessoas, movimentos políticos, governos ou organizações que, supostamente, possam oferecer perigo à segurança dos Estados Unidos e de países aliados.

Para analisar tamanha quantidade de dados, a NSA conta com supercomputadores dotados de inteligência artificial. Essas máquinas diabólicas, além de complexos mecanismos de busca, possuem programas de reconhecimento de padrões vocais. Um engenhoso sistema de procura de palavras esquadrinha o trânsito incessante de mensagens, selecionando termos ou frases específicas. Cada posto central de escuta tem sua própria lista de palavras-chaves, chamada de dicionário. Quando os computadores localizam, por exemplo, o nome ou o refúgio de um terrorista, a mensagem é enviada para um dos operadores de plantão.

Foi um desses funcionários que deu o alerta sobre a provável presença de um animal pré-histórico em plena floresta amazônica.

No dia seguinte, o inspetor geral do serviço de segurança convocou uma reunião de emergência. Cientistas, técnicos e militares, boquiabertos, analisaram cópias ampliadas das pegadas e, também, imagens um tanto desfocadas de uma espécie tida como extinta há milhares de anos: o mamute.

No final do tenso encontro, depois de uma calorosa discussão sobre a veracidade ou não dos dados recebidos, foi tomada a seguinte decisão: dois agentes, disfarçados de missionários, deveriam embarcar imediatamente para o Brasil em busca de provas mais consistentes.

PARTE V

Caça ao mamute

18

Reunidos novamente

Ranulfo sabia que a fazenda do El Chino contava com um dos melhores campos de pouso da região. Só não esperava encontrar quase tudo destruído. A imensa propriedade parecia ter sido atingida em cheio pelas chamas. O hangar, as casas dos colonos e o casarão principal estavam praticamente em ruínas.

— Olha como ficou o gerador — disse o piloto, sobrevoando um monte de ferros retorcidos. — Este era um dos poucos lugares nas redondezas em que havia luz elétrica — comentou, dando um rasante sobre a devastada paisagem.

— Veja! — gritou o professor Baltazar, mostrando alguns homens e mulheres acenando com os braços. — Guilherme e a professora estão lá embaixo. Graças a Deus, eles se salvaram!

— Segure-se firme! — avisou Ranulfo. — A visibilidade é quase zero, mas vamos tentar descer assim mesmo.

O veterano piloto, sem vacilar, aproveitando as últimas luzes do dia que findava, mergulhou em direção ao solo, num vôo praticamente às cegas.

— Esse cara é louco — espantou-se o doutor Garcia, com a manobra de alto risco. — Vamos ajudá-lo! Acendam tochas ao longo da pista! — ordenou aos homens.

Não deu tempo para nada. O monomotor pousou suavemente antes que a improvisada iluminação fosse providenciada. Assim que as rodas tocaram o chão pavimentado, todos correram em direção à pequena aeronave.

— Padrinho! — gritou Guilherme, ao ver o professor Baltazar saltar, logo atrás de Ranulfo.

— Parabéns pela aterrissagem. Não sei como vocês não se esborracharam — cumprimentou o doutor Garcia, estendendo a mão aos inesperados visitantes.

— Já desci em condições bem piores — assegurou o piloto. — Pelo visto, o rapaz e a moça devem ter contado ao senhor que fomos atacados por um grupo de garimpeiros.

— Como foi que vocês escaparam? — perguntou Guilherme, abraçado ao professor Baltazar.

— Por incrível que pareça, fomos salvos por um mamute! — disse Ranulfo.

— Parecia um rolo compressor. Destruiu tudo o que encontrou pela frente — emendou o professor Baltazar, sem esconder a emoção por ter reencontrado o afilhado.

Para surpresa dos dois recém-chegados, a revelação não causou o menor impacto. Parecia que todos ali estavam a par da existência do peludo ser pré-histórico.

— O animal que vocês viram, clonado em meu laboratório, era um segredo guardado a sete chaves. Mas, devido às malditas queimadas, não há mais nada a esconder — revelou o doutor Garcia, abrindo os braços. — Faz poucos dias que o mamute fugiu daqui.

— O senhor foi o responsável pelo renascimento daquela criatura monstruosa? — indignou-se Ranulfo.

— Sim. Enquanto esteve sob meu domínio, mantido num ambiente climatizado propício ao seu desenvolvimento, foi um animal dócil. Eu podia, inclusive, tocá-lo com minhas mãos. O calor deve tê-lo enlouquecido. Bom, vamos entrar para conversar melhor. Ainda restaram algumas mesas e cadeiras de pé — convidou o cientista, sem perder a pose, como se estivesse recebendo visitas para um chá.

— Posso usar seu rádio-transmissor? — perguntou Ranulfo. — O nosso foi atingido por uma bala perdida e parou de funcionar.

— Não — foi a brusca resposta. — Você não viu que perdi tudo? Estamos totalmente isolados do mundo — finalizou o doutor, num tom de voz que deixou todos arrepiados.

19

Caçada final

O dia seguinte reservava novas surpresas aos visitantes. Haviam dormido tarde, depois de terem passado horas escutando as desculpas e o infindável relato das experiências que o cientista, que se dizia arrependido, tinha realizado ao longo dos anos. Os hóspedes, deitados em redes armadas no que restara da varanda principal do casarão, foram acordados antes de o sol raiar pelos gritos aflitos do doutor Garcia:

— Levantem! Temos de abandonar a fazenda imediatamente. Acabei de ouvir no radinho de pilha um alerta transmitido pelas autoridades de Boa Vista. Uma nova frente de fogo avança com rapidez em direção às minhas terras.

Do lado de fora, o movimento era intenso. Os empregados, carregados de trouxas com seus poucos pertences, preparavam-se para embarcar às pressas em duas canoas rumo à outra margem do rio.

— Vamos logo — convocou Ranulfo, preocupado com as condições atmosféricas.

Na véspera haviam combinado que tentariam ajudar o doutor a localizar o mamute. Precisavam pelo menos de fotografá-lo, já que todos os registros armazenados pelo cientista sobre o animal tinham sido devorados pelo fogo. Arlã Garcia, em troca, prometeu que depois os acompanharia a Boa Vista e convocaria uma reunião com a imprensa para anunciar sua incrível façanha.

El Chino fez questão de sentar-se ao lado do piloto. Guilherme, Mayop e o professor Baltazar acomodaram-se nos bancos traseiros.

— Temos combustível suficiente? — perguntou o doutor Garcia, checando o painel de controle.

— Não. Mas dá pra alcançar o posto avançado do batalhão de fronteiras. Lá, com certeza, poderemos reabastecer o aparelho para o vôo de regresso — afiançou Ranulfo, dando início à manobra de decolagem.

Em questão de segundos, a aeronave desprendeu-se do solo, tirando "uma fina" dos postes ao redor da pista. Do alto dava para se ver perfeitamente um mar de labaredas avançando em direção à fazenda.

— Agora, acabou tudo mesmo — lamentou-se o doutor Garcia, socando repetidamente o próprio joelho, num acesso de raiva.

A intempestiva reação do cientista só fez aumentar a suspeita de todos acerca de seu estado mental. Na noite anterior, depois da frenética palestra do anfitrião, os hóspedes haviam concluído que Arlã Garcia estava à beira da loucura. Um homem doente, obcecado pela fama, sem nenhuma ética profissional. Embora mostrasse pesar pelos erros cometidos, parecia não se importar com as conseqüências de suas experiências.

— E o mamute? — perguntou Gui, olhando para baixo. — Será que vamos conseguir achá-lo?

— Vamos ter de desistir — disse Ranulfo. — Não temos tempo a perder.

— Nada disso! — retrucou o doutor Garcia, sacando uma pistola da cintura. — Trate de obedecer às minhas ordens, senão vamos todos morrer juntos — ameaçou, encostando o cano da arma na barriga do piloto. — Tenho de encontrar o mamute de qualquer maneira.

Seguindo as instruções do El Chino, Ranulfo, a contragosto, começou a voar em baixa altitude, praticamente roçando a copa das árvores. Grossas nuvens de fumaça, feito um manto negro, atrapalhavam a visão. A região montanhosa parecia um braseiro. O fogo alastrava-se com rapidez pela densa ramaria.

— Isso é suicídio. Precisamos subir — reclamou o piloto.

— Continue! — vociferou o cientista.

Nisso, enquanto sobrevoavam vales e montanhas cortados por rios encachoeirados, avistaram a silhueta gigantesca do mamute, correndo numa área descampada que terminava num precipício assustador.

Encurralado pelas chamas, com o pêlo todo chamuscado, não tinha mais para onde fugir. Estacou à beira da pirambeira, agitando a tromba enorme sem cessar. Agia como se estivesse procurando um caminho que o levasse até as águas que saltavam entre as pedras, a dezenas de metros abaixo.

— Desça! — disse o doutor Garcia.

— Onde? — exclamou Ranulfo.

— Nesse platô à sua frente. Vamos ver se você é bom mesmo — provocou o transtornado cientista, cutucando-o com a pistola.

20

O dia da caça

Ranulfo, dando mostras mais uma vez de sua perícia, conseguiu pousar em um espaço mínimo, sem a menor condição de aproximação. Para evitar que o monomotor se chocasse contra as árvores no fim da estreita pista, deu um cavalo-de-pau espetacular, emudecendo todos a bordo. O silêncio na cabine só foi quebrado depois que as rodas do avião cessaram de trepidar no terreno irregular do extenso chapadão.

— Me dê esse negócio — exigiu o doutor Garcia, arrancando a máquina fotográfica do professor Baltazar. — Os garotos vêm comigo — disse ele, preparando-se para desembarcar.

Enquanto isso, o mamute, visivelmente debilitado, permanecia estático na outra ponta do planalto, respirando com dificuldade, rente ao despenhadeiro.

O doutor Garcia, de mãos dadas com Gui e Mayop, caminhou em passos lentos em direção ao animal. A poucos metros de distância, tirou uma série de fotos. Colocou a câmera no pescoço e, fazendo um sinal com a mão para que os dois jovens se afastassem, aproximou-se imprudentemente do colosso da Era Glacial.

Foi seu último gesto. De repente, o mamute enlaçou e levantou o frágil corpo do cientista no ar. Em seguida, soltando um bramido desesperador, lançou-se barranco abaixo num salto mortal, espatifando-se contra as pedras do turbulento rio. Numa fração de segundo, criador e criatura desapareceram em meio à ruidosa corredeira.

Mayop correu até a borda do abismo. Apoiada numa pedra, deixou-se abraçar por Guilherme. Afundou o rosto no peito do rapaz e balbuciou, num fio de voz:

— Que horror!

— Vocês estão bem? — perguntou o professor Baltazar, acercando-se do trêmulo casal.

— Venham — gritou Ranulfo. — Não há mais nada a fazer. Precisamos abandonar essa arapuca antes que o fogo nos impeça de decolar.

21

Pacto de silêncio

A decolagem em meio a uma fumaceira assustadora foi de deixar qualquer um de cabelos arrepiados. A aeronave, impulsionada pela força do motor acionado na potência máxima, roncou rumo ao céu cor de cinza, largando uma nuvem de poeira para trás. Só um piloto tarimbado como Ranulfo, acostumado a fazer misérias nas improvisadas pistas da selva, para conseguir levantar e estabilizar o avião em condições tão adversas.

— Nem um sinal deles — disse o veterano sertanista, enquanto vasculhava, numa última tentativa, um trecho do espumante rio em busca de vestígios do doutor ou do mamute. — Devem ter virado pedacinhos — concluiu, empinando o nariz do monomotor para o alto.

— Pena que não conseguimos tirar nenhuma foto — lamentou o professor Baltazar. — A minha máquina afundou junto com eles.

— Ninguém vai acreditar na nossa história — intrometeu-se Guilherme.

— Por que não? E as instalações que restaram do laboratório? — retrucou o professor. — São um testemunho importante a nosso favor. Basta fazer uma perícia no local.

— Vamos esclarecer isso daqui a pouco — disse Ranulfo, sempre com um olho à frente e o outro grudado no painel de instrumentos. — O fogo, pelo jeito, varreu uma vasta área. — Estão vendo aquele ponto marrom lá embaixo? Foi o que sobrou do posto onde fomos atacados pelos garimpeiros. Um punhado de barro calcinado e nada mais.

Logo alcançaram as terras do doutor Garcia. Por todos cantos se viam os efeitos da pavorosa queimada. Não havia restado nada das casas, como se a natureza enfurecida tivesse resolvido varrer a fazenda da face da Terra.

— Queimou tudo — exclamou o professor Baltazar, horrorizado com a devastação do lugar.

— Não ficou nem uma parede de pé! — observou Guilherme. — Os galpões e a esfera derreteram feito um sorvete — analisou, acariciando os cabelos da garota, deitada em seu colo.

— Ainda bem que saímos dali a tempo — suspirou Mayop, apertando a mão de Gui.

— Eu não falei? — disse Ranulfo. — Lá se foram nossas últimas esperanças de encontrar alguma pista sobre o mamute.

— O que é que você propõe? — perguntou o professor Baltazar.

— Um pacto de silêncio.

— Discordo. O mundo tem o direito de saber que um cientista brasileiro conseguiu uma proeza notável. Imagine as manchetes dos jornais: "Ressuscitado um mamute!".

— Mas não temos provas, professor — rebateu o piloto. — Afinal, o senhor, com tantos trabalhos publicados, tem um nome a zelar.

— É, você tem razão, Ranulfo. Não posso me expor ao ridículo — admitiu o professor. — Está bem. Concordo que o segredo fique apenas entre nós até segunda ordem. O que os jovens acham? — interrogou, virando-se para Gui e Mayop.

— Tô com o senhor e não abro — apoiou Guilherme. — Prometo ficar de bico calado. Já pensou a gozação que meus colegas iriam fazer se eu contasse que vi um mamute em carne e osso?

— Eu também aprovo o pacto de silêncio — disse a professora indígena, que não achava a menor graça naquela discussão.

Era a única passageira a bordo que tinha uma prova concreta. Guardava um segredo que preferia não revelar. Um chumaço do pêlo da criatura pré-histórica recolhido por ela, sem que ninguém visse, perto do fatídico penhasco. Os Yanomami crêem que cada pessoa tem duas almas. Uma delas habita um animal. Mayop acreditava que o doutor Garcia e o mamute, de acordo com antigas crenças, eram almas gêmeas. Por isso, tinham morrido juntos. "Que seus espíritos descansem em paz", pensou, guardando no bolso do vestido o punhado da espessa pelugem.

22

Caso arquivado

Os dois homens louros, altos e fortes, com passaporte australiano, andando rapidamente pela pista do aeroporto de Boa Vista, suavam sob o sol de Roraima.

Vestidos como pastores, terno escuro e colarinho branco fechado no pescoço, tinham acabado de descer do helicóptero que os conduzira ao local onde os analistas do ECHELON haviam rastreado com precisão milimétrica a provável presença de um mamute. Após uma semana em busca de pistas no território assolado pela última queimada, que tanto dificultara as observações dos satélites-espiões, chegaram à conclusão de que seus esforços tinham sido em vão. Não havia o menor vestígio do animal pré-histórico. A mensagem cifrada enviada aos seus superiores via *e-mail* sintetizava o fracasso da missão:

Objeto não encontrado. Arquivar caso.

23

As histórias não morrem jamais

Em seu lacônico comunicado, os espiões da Agência de Segurança dos Estados Unidos não mencionaram a escala técnica que foram obrigados a realizar num posto do Batalhão do Exército brasileiro na fronteira com a Venezuela.

Enquanto aguardavam o helicóptero ser reabastecido, foram apresentados pelo comandante da base a um especialista em literatura oral indígena. O pesquisador, ajudado por um intérprete, interrompeu as gravações que fazia, sentado no chão ao lado de um idoso Yanomami, para trocar, rapidamente, umas poucas palavras em inglês com os supostos missionários.

Conversaram também com um veterano sertanista, que os alertou sobre o perigo dos incêndios que tinham devorado a maior parte do território que tencionavam visitar.

O que mais lhes chamou a atenção foi o trabalho de um jovem casal. Uma professora indígena, assessorada por um rapaz branco, dava aulas para um grupo de meninos e meninas índias embaixo de uma frondosa árvore.

Os parentes das crianças, expulsos da floresta pela ação do fogo, pareciam um bando de formigas emplumadas em torno da grande maloca comunitária que estavam terminando de construir nas cercanias do quartel. Sob o olhar experiente dos mais velhos, trançavam folhas, enrolavam cipós e fincavam os esteios do xabono.

Os enviados do ECHELON jamais imaginariam que uma das fitas gravadas pelo professor Baltazar com o enrugado índio guardava a chave do segredo que não haviam conseguido desvendar: a história de um monstro peludo, dentes gigantescos, que tinha sido visto recentemente em terras pertencentes aos Yanomami...

Criador e criatura encontram-se no Centro Artesanal Mestre Zezinho, em Teresina, Piauí.

Professor, ex-voluntário das Nações Unidas na Guiné-Bissau, África, Rogério Andrade Barbosa trabalha na área de Literatura Afro-Brasileira e em programas de incentivo à leitura, proferindo palestras e ministrando cursos — além de viajar pelo Brasil nas asas dos projetos O Escritor na Cidade e Proler, da Fundação Biblioteca Nacional. Em 1994, como autor-convidado e contador de histórias, foi às Feiras do Livro de Frankfurt (Alemanha) e de Guadalajara (México). Em 1995, participou do II Encontro Ibero-Americano de Literatura para Crianças e Jovens, em Havana (Cuba). Em 2000, esteve no XXVII Congresso do International Board on Books for Young People (IBBY), em Cartagena, Colômbia. Em 2001, participou da Feira do livro Infantil de Bolonha, na Itália. É membro da Society of Children's Book Writers and Ilustrators, e presidente da Associação de Escritores e Ilustradores de Literatura Infantil e Juvenil (AEI-LIJ). Recebeu o prêmio Altamente Recomendável para Jovens e Crianças, da Fundação Nacional do Livro Infantil e Juvenil em 1988, 1991, 1993, 1995, 1996 e 2001.

Contatos com o autor:
Rua Cândido Mendes, 240/708 Glória
Rio de Janeiro/RJ 20241-220
e-mail: randbar@gbl.com.br
home page: http://www.docedeletra.com.br/rab

Sobre o ilustrador:

Rodval Matias é paulista de Novo Horizonte, nascido em 1953. Começou profissionalmente desenhando histórias em quadrinhos. Essa viagem pela H.Q. culminou em três álbuns para a Bélgica, sobre os bandeirantes, tema pelo qual é apaixonado. Trabalha com várias editoras ilustrando livros didáticos, paradidáticos, religiosos, capas de livros, além de CD-ROM e fitas de vídeo. Ilustrou também a obra *O mistério de Ícaro*, de Rosane Albert, publicada pela Editora Saraiva.

COLEÇÃO JABUTI

- **4 Ases & 1 Curinga**, Natalino Martins
- **Adeus, escola**, Lino de Albergaria
- **Amazônia**, Alan Oliveira
- **Aprendendo a viver**, Júlio Emílio Braz
- ☆ **Awankana, o segredo da múmia inca**, Giselda Laporta Nicolelis e Ganymédes José
- ✻🕮 **Baleias não dizem adeus**, Alan Oliveira
- **Boa de garfo e outros contos**, Luiz Vilela
- **Botão grená, O**, Luana von Linsingen e Rosana Rios
- **Braçoabraço**, Raimundo Matos de Leão
- ✎🕮 **Caderno de segredos**, Lino de Albergaria
- **Cajueiro sem sombra**, Caio Porfírio Carneiro
- **Carta do pirata francês, A**, Rogério Andrade Barbosa
- **Casa de Hans Kunst, A**, Luana von Linsingen
- 🕮 **Cérbero, o navio do inferno**, Luiz Antonio Aguiar
- **Ciclo da soja, O**, Fernando Vaz
- **Corisco, o último cavalo selvagem**, Assis Brasil
- **Da costa do ouro**, Raimundo Matos de Leão
- 🕮 **Da matéria dos sonhos**, Rosana Rios
- ★🕮 **De Paris, com amor**, Lino de Albergaria
- **Desafios do rebelde, Os**, Assis Brasil
- 🕮 **Deusa da minha rua, A**, Carlos Felipe Moisés
- **Dorotéia, extensão sac**, Ricardo Gouveia
- **É tudo mentira**, Fernando Vaz
- ✎ **Enquanto meu amor não vem**, Januária C. Alves e outros
- ✎ **Espelho maldito**, Giselda Laporta Nicolelis
- **Estranho doutor Pimenta, O**, Fernando Vaz
- **Eu, bruxa**, Regina Drummond
- **Fantasmas**, Antonio Carlos Neves
- **Fantasmas da rua do Canto, Os**, Luci Guimarães Watanabe
- **Firme como bóia**, Roberto Jenkins de Lemos
- 🕮 **Furo de reportagem**, Roberto Jenkins de Lemos
- **Futuro feito a mão**, Rosana Rios e outros
- 🕮 **Garota e o roqueiro, A**, Luiz Antonio Aguiar
- **Herdeiro de Aranda, O**, Júlio Emílio Braz
- ☙🕮 **Hipergame**, Antonio Carlos Neves
- ★ **História verdadeira do pássaro-dodô, A**, Sérgio Danese
- **Homem que não teimava, O**, Bariani Ortencio
- ☺✈🗐✎ **Leão da noite estrelada, O**, Ricardo Azevedo
- **Lelé da Cuca, detetive especial**, Antonio Carlos Vilela
- **Liberdade virtual**, Sylvio Gonçalves
- **Lobo, lobão, lobisomem**, Luiz Roberto Guedes
- ☞ **Machado e Juca**, Luiz Antonio Aguiar
- 🕮 **Mariana e o lobo Mall**, Paulo Rangel
- ✍✎ **Marília, mar e ilha**, Rosana Rios
- **Matéria de delicadeza**, Stela Maris Rezende
- **Mistério de Ícaro, O**, Rosane Albert
- **Mistério mora ao lado, O**, Giselda Laporta Nicolelis
- **Motorista que contava assustadoras histórias de amor, O**, Lourenço Cazarré
- **Na trilha do mamute**, Rogério Andrade Barbosa
- **Passado nas mãos de Sandra, O**, Rosana Rios
- ✎ **Porta a porta**, Roseana Murray e Suzana Vargas
- **Porta do meu coração, A**, Telma Guimarães Castro Andrade
- 🕮 **Primavera pop!**, Raimundo Matos de Leão
- **Que tal passar um ano num país estrangeiro?**, Diana Noronha
- **Redes solidárias**, Maria Tereza Maldonado
- **romeu@julieta.com.br**, Telma Guimarães Castro Andrade
- **Rua 46**, Júlio Emílio Braz e Silvana P. Batista
- 🗐 **Sabor de vitória**, Fernando Vaz
- ☞🕮 **Sardenta**, Mirna Gleich Pinsky
- **Se ele vier**, Janaina Vieira
- ☛ **Segredo de Estado**, Antonieta Dias de Moraes
- **Sendo o que se é**, Roberto Jenkins de Lemos
- **Só entre nós – Abelardo e Heloísa**, Janaina Vieira e Júlio Emílio Braz
- **Só não venha de calça branca**, Ulisses Tavares
- **Sótão da múmia, O**, Francisco Marins
- **Surpresas da vida**, Jair Vitória
- **Um balão caindo perto de nós**, Rizzatto Nunes
- **Uma janela para o crime**, Cloder Rivas Martos
- **Um dia de matar!**, Natalino Martins
- **Um sopro de esperança**, Rogério Andrade Barbosa
- **Vera Lúcia, verdade e luz**, Elias José
- ✎🕮 **Viva a poesia viva**, Ulisses Tavares
- **Viver melhor**, Maria Tereza Maldonado
- ♁☙ **Yakima, o menino-onça**, Assis Brasil

★ Prêmio Altamente Recomendável da FNLIJ
☆ Prêmio Jabuti
✻ Prêmio "João-de-Barro" (MG)
✍ Premiado na Bienal Nestlé de Literatura Brasileira
☛ Premiado na França e na Espanha
☺ Finalista do Prêmio Jabuti
♁ Recomendado pela FNLIJ
☞ Acervo Básico da FNLIJ
✈ Selecionado pela FNLIJ para a Feira de Bolonha/96
✎ Programa Nacional do Livro Didático
🕮 Programa Bibliotecas Escolares
☙ Programa Nacional de Salas de Leitura
🗐 Programa Cantinho de Leitura (MG)